탐정동아리 사건일지

창비
청소년
시 선
24

탐정동아리
사건일지

김현서 시집

창비

차
례

제2부

사건은 매번
학교에서
일어난다

제4부

사건 전담
꼴통들의
반란

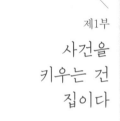

제1부

사건을
키우는 건
집이다

# 친절한 엄마

엄마는 나를 위해
발품을 팔아 새장을 사고
새장에 어울리는 그네를 사고
삼 년 치 모이를 사고
새장을 걸려고 이곳저곳에 못을 박았지

아침이면 새장에서
새소리가 아닌 고양이 소리가 나는데도
엄마는 새소리가 아름답다며
삐뚤어진 새장을 바로 걸어 놓았지

나를 위해 엄마는
아무나 기웃거리지 못하게 한다며
새장 문에 자물쇠를 달고
열쇠는 강물에 던져 버렸지

# 길고양이가 우리 동네에 오려면

먼저 자기 밥그릇을 싹싹 비우고
남의 밥그릇을
호시탐탐 노려야 한다

비린내 나는 빈 봉지를 보고
신경질적으로 야옹야옹
악을 써 대는 소리부터 배워야 한다

할 줄 아는 말이 야옹뿐이어서
대충 얼버무리기 딱이지만

항상
밥그릇 뺏길 때를
대비해야 한다

# 고 3 수험생

얘들아 모여 봐
긴급 상황이야 긴급!

아랫집에 폭탄이 있대
성능이 엄청나나 봐

일단 목소리는 낮추고
뒤꿈치를 들고 살금살금 다니래

언제 어떻게 터질지 종잡을 수 없으니
방심해도 안 되고
오다가다 눈빛도 주지 말래

살짝만 건드려도 단번에 작동이 되니까
행여나 마주치면 얼른 고개를 돌려 버리래

폭탄이 터졌다가는 순식간에 아수라장이 되니까
절대

절대
자극하면 안 된대

# 아마추어 탐정가

인상을 푸는 중이다
거울을 들여다보며 낄낄 웃어 보는 중이다

한번 튀어 보고 싶어
교복 단추를 풀어 헤치는 중이다

바람과 함께 발발거리며 싸돌아다니는
참새처럼
강아지처럼
오래간만에 꿈을 꾸는 중이다

아침을 먹으며
탐정 학원에 보내 달라고 했더니
아빠는 순식간에 펄펄 끓는 기름이 되고
엄마는 내 말을 꽈배기처럼 배배 꽈서
내 목에 걸어 준다

헛꿈이라는 아빠의 말에 맞짱 뜰까

부글거리는 속을 누르며
밥은 먹는 둥 마는 둥

걸음은 무겁고
교복은 답답하다
묵사발이 된 몸을 끌고 학교에 가는 중이다

손에 들려 있던 꿈은
길고양이 먹이로 던져 버리고

# 중 2

난 오토바이
길치 오토바이
어디로 가야 할지 모르는 오토바이

넘어질 듯
넘어질 듯
위태로워 보여도
달려야 쓰러지지 않는 오토바이

떼 지어 몰려다니며 요란한 소리를 내야
직성이 풀리는 오토바이

내 속의 미친개를 달래 주고
헝클어진 머리칼을 곱게 빗겨 주는
바람처럼

달리고 달려야 속이 후련해지는
난 멈출 수 없는 오토바이

# 잔소리의 끝

매일 엄마는 커터 칼이 되어
나를 깎는다
깎고 또 깎아내린다

검게 탄 속이 드러날 때까지
끝이 뾰족해질 때까지

뾰족해질 대로 뾰족해진 난
엄마 가슴을 팍팍 찔러
구멍을 내고서야 끝을 낸다

# 당신의 중2병 지수는?

☐ 시도 때도 없이 짜증이 난다.

☐ 말끝마다 소리를 버럭버럭 질러야 살맛이 난다.

☑ 부모님보다 친구를 더 믿고 따른다.

☐ 종종 아무도 찾지 못하는 곳에 숨어 버리고 싶다.

☐ 성적이 올라도 불안하다.

☐ 공부 빼고 뭐든 잘할 수 있다.

☐ 하루하루가 발에 맞지 않는 운동화를 신고 걷는 느낌이다.

☐ 학교에서는 얌전하다가도 집에 오면 고슴도치가 된다.

☐ 게임이라도 해야 마음이 진정된다.

☐ 부모님의 인생을 망치는 게 나라는 생각이 든다.


0~3개: 당신의 솔직한 마음인지 한 번 더 생각해 보세요. 고른 개수가 맞다면 당신은 나무랄 데 없는 중 2를 보내고 있습니다.

4~6개: 당신은 무난한 편입니다. 일상적인 생활에는 무리가 없지만 선을 넘지 않도록 주의하는 것이 필요합니다. 주변의 조언을 귀담아듣고, 함부로 나대는 것을 삼가는 것이 좋습니다.

7~10개: 당신은 심각한 상태입니다. 자제력을 잃은 당신은 매일 헛웃음을 한 알씩 복용해야 무사히 십 대를 넘길 수 있습니다.

# 첨가물에 대한 서술형 평가

(가)는 어느 중학생의 일기 내용이다. 이를 (나)와 연계해서 생각해 보자.

---

(가) 부모님은 맞벌이를 하신다. 그래서인지 수시로 나에게 전화를 걸어 밥은 먹었는지, 영어 학원인지 수학 학원인지, 집엔 제시간에 들어왔는지 묻는다. 매일 똑같은 걸 묻고 끊는다. 나는 부모님 전화가 싫다. 감시받는 느낌이 들어서 눈에 모래알이 들어간 것처럼 불편하다. 이제 나도 알아서 할 나이가 되었는데 부모님한테 나는 여전히 못 미더운 자식인가 보다.

(나) 식품 첨가물은 식품의 모양, 맛, 냄새, 색깔, 저장성을 향상시키기 위해 첨가하는 물질을 말한다. 착색료, 감미료, 보존료, 산화 방지제, 향미 증진제 등 법으로 관리하는 것만 600여 개나 된다. 식품의약품안전처는 유통되는 식품 첨가물은 엄격한 평가 과정을 거쳤기 때문에 안전하다고 말한다. 하지만 소비자의 불안과 염려는 수그러들지 않고 있다.

---

(가)의 글쓴이의 주장을 정리하고, (나)의 관점에서 (가)의 주장을 합리화하여 서술해 보자.

  (성장기 청소년에게 미치는 영향 관계를 분명하게 드러낼 것, 100자 내외, 15점)

# 뭐가 들어 있을까?

책을 읽으면
난 행간에 귀를 기울여

팔랑팔랑 나뭇잎을 타고
잎맥을 따라 바다를 건너는 선장이 되었다가
슬렁슬렁 해저로 가라앉았다가
굽이굽이 산맥을 넘어 암벽을 오르는 모험가

때로는 우르릉 꽝꽝 천둥소리가 들리고
때로는 번개처럼 스치는 생각에 놀라고

한 장 한 장
생각이 별빛처럼 쌓여
난 드넓은 은하수
난 잉카의 한 소년

책을 읽으면
자꾸

내 심장이 비밀처럼 두근거려

# 입이 원수*

성탄 전날이었을 거야 아마

어느 잠 많은 여중생 앞에
뜬금없이 산타가 나타나
세 가지 소원을 들어주겠다는 거야

꿈인지 생시인지 화들짝 놀란 여중생은
엉겁결에 틴트라고 말했어

정말 소원이 이루어지자
여중생은 머리를 쥐어박고 싶었지

간신히 정신을 가다듬고
아니 아니야 잘못 말했어 그거 말고라고 말했어

순식간에 틴트가 사라졌지
여중생은 입을 꿰매 버리고 싶었어

알짱거리는 고양이 때문에 더 정신 사나웠지
여중생은 저리 가지 못해!라고 소리쳤어
그 말에
애먼 산타가 사라졌지

여중생은 □□□라고 말했어
지지리 운도 없는 그 여중생이 누군 줄 아니?

* 라 퐁텐 우화 「세 가지 소원」 차용.

# 고백

하루 종일 그 생각이 아른거려서
아무것도 못 하겠어
티브이를 봐도 눈에 들어오지 않아

아닌 척 떠들고
괜찮은 척 밥을 먹어도
머릿속엔 온통 그 생각뿐이야
가슴이 벌렁거리고 밤엔 잠도 오지 않아

어쩔 땐 내가 너무 한심해서
머리를 쥐어뜯다 짜증도 내고
필통을 집어 던지며 화풀이를 해도
여전히 나를 거들떠보지 않아

내 마음을 다 알면서 어쩜 그러는지
언제까지 시치미 똑 떼고 있을 건지
혹시 진짜 내 마음을 모르는 건가

용기를 내서
말이라도 한번 해 볼까

아빠, 나 시험이 정말 싫다구요!
입속에서만 벌써 백 번째

## 생각이 나를 찾아와

불을 질렀다
책상이 타고 가방이 타고 시험지가 타고

나를 끓는 냄비로 만들었다가
바닥이 보이지 않는 늪에 빠뜨렸다가

만신창이를 만들어
점심 저녁을 쫄쫄 굶기고

밤이 와도 잠은 얼씬도 못 하게 내쫓고
나를 옥상으로 데려갔다가
내려온 계단 앞에 무릎을 꿇렸다가

시험 한번 망쳤다고
날 잡았다

내 가슴에 비바람 치는 추운 들판을 펼쳐 놓았다가
아주 잠깐 모닥불을 피웠다가 끄고는

맛이 어떠냐며
나를 달달 볶아 댔다

생각이 작정하고

# 진로 표류기

화가가 되고 싶다고 했더니
아빠는 평생 배고플 거라나
있는 밥도 못 찾아 먹으면서 꿈도 꾸지 말라는 거야

그래서 배우가 되고 싶다고 했더니
끼도 없는 게
평생 오디션만 보다가 끝날지도 모른다며
말이 되는 소리를 하래
타고나는 게 얼마나 된다고 해 줄 말이 고작 그것뿐인가

요리사는 어때? 그랬더니
백수 와이프를 만나 인생 종친다는 거야
아빠를 보고도 그런 소리를 하냐며
성가시게 굴지 말고 저리 좀 가래

그럼 세상에서 제일 힘센 권투 선수가 될래 그랬더니
차라리 똥폼을 잡는 경호원이 낫다는 거야

말이야 똥이야

도대체 말이 통해야지

꿈 얘기를 계속 해야 돼 말아야 돼

# 게으름


주말이 되자
도둑고양이처럼
발소리도 없이 살금살금
기어 들어와
나와 한 몸이 된 잠옷

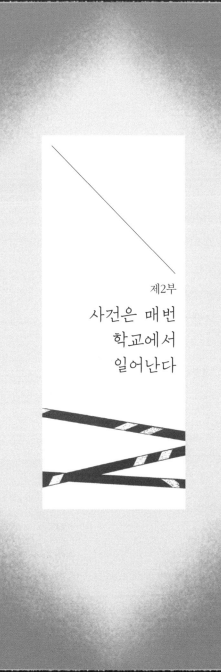

제2부

사건은 매번
학교에서
일어난다

# 3월 2반 교실

아직 찬 바람이 분다
살짝 얼음이 깔려 있고 간간이 눈발이 날린다

처음 보는 참새들은
가지 끝에 걸터앉아 아무 말도 하지 않는다

작년에 봤던 참새들도 있지만
느티나무 구멍 같은 패딩 속으로
쏘옥 들어가
눈만 빼꼼 내놓고

어쩌다 눈이 마주쳐도
어정쩡하게 눈을 돌린다

우두커니 있기가 답답해 가까이 다가가면
포르르 일어나
멀리 날아가 앉는다

어디선가 쩍 소리가 들린다
연이어 쩍쩍쩍쩍쩍

누구지!
고라니 같은 눈망울을 또르르 굴리며
귀를 쫑긋 세우게 만드는 너는!

# 화단 밖에 핀 꽃

난 화단 밖에 떨어진 꽃씨
화단의 흙을 움켜쥐고 악착같이 붙어 있어도
화단 안으로 끼어들지 못하는 잡풀

애벌레도 날 피해 기어가고
개미도 지들끼리만 몰려다니는데
발소리가 들릴 때마다
난 심장이 오그라들어

오늘은 얼마나 밟힐까!
왜 밟히는지도 모르면서
숨도 제대로 못 쉬고 눈치만 살피는
난 화단 밖의 잡풀이 되어
하루
이틀
사흘

비를 맞을 때마다 삐딱해지다가도

빗물이 그렁그렁 매달려 있는 걸 보면
이상하게 가슴이 후련해져

비가 그치고
맑은 햇살이 젖은 내 얼굴을 닦아 주면
어디선가 버텨야겠다는 생각이 솟아나
그럼 부부젤라처럼 떠들고 싶어지지
꽃봉오리를 맺어 조금씩 입을 열고 싶어지지
나도 꽃이라고

# 효자 되기 작심삼초

점심을 먹는데 학교로 연락이 왔다
혁수 엄마가 교통사고로 돌아가셨다고

소식을 들은 혁수는
얼빠진 사람처럼 털퍼덕 주저앉아
큰 소리로 울었다
아침에
우리 혁수, 잘 다녀와 하시며 안아 주셨는데
이런 날벼락이 어디 있어!
엉엉
반 친구들도 다 같이 울었다
나도 엄마께 잘해 드려야겠어
우리 엄마도 갑자기 저렇게 돌아가시면 어떡해 엉엉

학원에 있는데 엄마한테 전화가 왔다
목이 잠겼다며 무슨 일이냐고 묻는 말에
몰라도 돼!
퉁명스럽게 전화를 끊어 버렸다

# 즐거운 수업 시간

영어 선생님은 예쁘다
금발에 가을 하늘처럼 파란 눈이 정말 예쁘다

후드티에 청바지 입고
누나처럼 잘 웃어 주신다
선생님 사랑해요 고백하면
더 해맑게 웃어 주신다

수업 시간엔 다정하게 내 이름도 불러 주신다
그럼 난 기분이 좋아져서 조잘댄다
담임 선생님한테 할 수 없는 얘기를 한다

영어 선생님은
시험 문제를 내지 않고 수업만 하시니까
눈치 보지 않고 마음껏 떠든다
생활 기록부 신경 안 쓰고
속에 있는 얘기까지 다 하게 된다

# 탐정동아리 오디션 보는 날

아홉 명이 대기 중이다
공기가 야금야금 내 가슴을 조여 온다 청심환을 먹을까
태연한 척 예상 질문을 떠올린다

여덟 명 남았다 다리가 후들거린다
어디까지 했지! 기어들어 가려는 말을 끄집어 내며 웅얼
웅얼

일곱 명 남았다
말이 자꾸 꼬인다 오줌이 나올 것 같아 엉덩이에 힘을
주었다

여섯 번째 친구가 포기했다
한 줄기 햇살이 내 이마의 땀을 핥고 지나간다

다섯 명 남았다
정신 바짝 차려야지 까짓것, 이 정도쯤이야

네 번째 친구가 눈물을 훔치며 뛰쳐나갔다
머릿속이 하얘진다

세 명 남았다
심장이 튀어나올 것 같아 숨을 크게 들이쉬었다 내쉬었다

오디션을 끝낸 두 번째 친구가 싱긋 웃어 주었다
쟤는 뭐지?

내 차례다 빠끔히 열린 문으로 들어갔다
입안에 꽉 차 있던 말들이 어기적어기적 기어 나와
벚꽃잎처럼 어지럽게 흩날렸다

무슨 말을 했는지
그다음은 기억하고 싶지 않다

# 역사 시간

급식을 마친 후 5교시 수업
절대로 졸지 말아야지 졸면 난 변태다
다짐을 했건만

눈꺼풀이 내 맘 같지 않다
선생님 말씀은 나른나른 솜털 같고
정신은 점점 흐리멍덩해져
창문으로 쏟아져 들어오는 햇빛에
칠판이 아롱아롱 잠에 빠져드나 싶더니
어느새 고개가 툭!

깜짝 놀라 두리번두리번
정신 차리자! 뺨을 두드리며
자세를 고쳐 앉았다
그것도 잠시
나도 모르게 또 고개가 툭!

짝꿍이 옆구리를 쿡 찔렀다

나는 벌떡 일어나 비몽사몽 중에
짝꿍이 펼쳐 준 쪽을 막 읽어 댔다

여기저기서 킥킥대는 소리가 들리더니
와아, 한꺼번에 웃음보가 터졌다

잠이 확 달아났다

# 우리 반 진철이와 진철이

1
우리 반 박진철은 공부를 잘한다
일등을 놓쳐 본 적이 없다
어쩜 그렇게 몽땅 다 맞을 수 있는지
박진철 시험지는 모범 답안이다
박진철이 틀린 적은 한 번도 없으니까

사람들은 박진철이
인성이 좋을 거라고 말한다
친구 사이도 좋을 거라고 말한다
욕도 하지 않을 거라고 말한다
선생님 말씀도 잘 들을 거라고 말한다
박진철과 얘기해 본 적도 없으면서

2
우리 반 오진철은 공부를 못한다
꼴찌를 놓쳐 본 적이 없다
어쩜 그렇게 몽땅 다 틀릴 수 있는지

오진철 시험지는 예시 오답지이다
오진철이 맞는 걸 한 번도 못 봤으니까

사람들은 오진철이
인성이 나쁠 거라고 말한다
친구 사이도 나쁠 거라고 말한다
욕도 잘할 거라고 말한다
선생님께 뻑하면 대들 거라고 말한다
오진철과 얘기해 본 적도 없으면서

## 야, 지갑!


혁수는 나를 그렇게 부른다
쌔고 쌘 말 중에 하필 지갑이 뭐람

급식을 먹다 말고 혁수가 말했다
이걸 먹으라고 만든 거냐
야, 편의점 가야겠다

방과 후에 남아서 문제지를 풀고 있는데
혁수가 또 말했다
인생 공부 좀 해야겠다
야, PC방 가자

PC방을 나오는데
뻐끔뻐끔 푸―우― 혁수가 말했다
야, 지갑! 내일도 꼭 채워 와라

내 이름은 이명섭이잖아! 말하려다
그냥 돌아섰다

엄마가 돌아가신 뒤
변해 버린 혁수가 안쓰러워서

## 미해결 빽빽이 스무 장 사건

선생님께서 종례를 하러 오셨다
뭔 일이 있었는지 분위기가 싸늘했다
깨물었던 입술을 풀더니 한숨을 푹 쉬었다

오늘은 조용히 지나가나 했다
선생님 입에서 튀어나온 불똥이
교실 구석구석에 떨어졌다

지레 겁먹은 척 진철이는
선생님 잘못했어요 빽빽이 열 장 쓸게요
그래, 니들이 뭘 잘못했는지 알긴 아는구나!

우린 바싹 쫄아서 고개를 떨구고 있는데
내 짝꿍 혁수
점심시간에 나갈 수도 있지
그래서 어쩌라고요
가자미눈을 뜨고 삐죽거리다
선생님과 눈이 딱 마주쳤다

여기까지는 그런대로 좋았다

그런데 실장!
지난달 빽빽이 스무 장은 검사 받았냐?

순식간에 우리 반은
한마음 한뜻이 되어 진철이를 쳐다봤다
진철이는 대답도 못 하고
마른침만 꿀꺽 삼켰다

# 처벌의 효과

진철이가 수업 시간에 떠들었다
이놈의 자식이 어디 수업 시간에 떠들어
하라는 공부는 안 하고
다들 책상 위로 올라가 무릎 꿇어

우린 말도 못 하고 우르르 책상 위로 올라갔다
선생님은 책상 사이를 왔다 갔다 하며 눈을 부라렸다

진철이 몇 마디가 단체로 벌을 설 일인가!
친구들 눈빛에서 억울함이 묻어났다

한 이십 분을 그러고 있으니 다리가 저렸다
속에서 화가 치밀었다

엉덩이를 비틀며 버티고 있는데 책상에서 내려오란다
시뻘게진 우리 마음을 아는지 모르는지
선생님은 다시 수업을 이어 갔다

코에 침을 바르다 열불이 나서
교과서를 덮었다

네임펜을 꺼내
교과서 제목을 똥떡이라고 바꿔 버렸다

# 공포의 벌점

교복 셔츠 빼 놓았다고
바지 좀 줄였다고
딱 일 분 늦었는데 지각이라고
복도에서 뛴다고
담요 두르고 다닌다고
교실에서 원카드 했다고
주머니에서 떨어졌는데 쓰레기 버렸다고
손톱이 길다고
휴대폰을 내지 않았다고
실내화로 장난쳤다고
삼각김밥 몰래 먹었다고
큰 소리로 떠들었다고

상점은 쥐똥만큼 주고
벌점은 소똥만큼 퍼 주는 우리 학교
잘못한 게 없어도 걸릴까 봐 조마조마

벌점 20점이 넘으면 반성문을 쓰거나 봉사 활동을 한다

30점이 넘으면 상담을 하고 전학 가겠다는 서약서를 쓴다

언제 어떻게 받았는지 기억도 나지 않는 벌점이
내 목을 꽉꽉 조인다

# 우리 반 복학생 형아

그 형은 우리보다 두 살 많았다
왜 이 년이나 꿇었는지 궁금했지만 선뜻 입이 떨어지지
않았다
뭔 꼴통 짓을 했겠지 혁수는 건들건들 얘기했지만
솔직히 난 좀 다른 생각이었다

그 형은 편하게 대하라고 하는데 그랬다가는
바로 뒤통수 갈길지도 몰라 혁수 말에
우린 꼬박꼬박 형이라고 불렀다
깍듯하게 존댓말도 했다

그 형은 우리가 담배를 피워도 게임 얘기를 해도
짜식들 그게 뭐라고 대수롭지 않게 넘겼다
생일빵으로 엉덩이를 걷어차고 소란을 피워도
별거 아니라는 듯 씨익 웃었다

수업 시간에 흘깃흘깃 그 형을 보면
졸지도 않고 필기도 열심히 했다

뭐지 저 형, 사고 쳐서 꿇은 건 아닌가 봐
정신 차렸나 보지 나와 완전 딴판이네
공부와 담을 쌓은 혁수랑은 좀 다르긴 다른 거 같았다

그러던 형이 화장실에서 쓰러졌다
놀란 혁수는 형을 들쳐 업고 보건실로 뛰었고
보건 선생님은 형을 보자마자 구급차를 불렀다
그길로 입원한 형은 한동안 학교에 나오지 못했다

형을 함부로 말한 게 켕겨서
혁수랑 쭈뼛쭈뼛 문병을 갔더니
형은 주사액을 주렁주렁 달고 힘없이 누워 있었다
골육종이 재발해서 항암 치료 받았어
형의 말을 들으며 혁수는 말 반 울음 반
금방 괜찮아질 거라며 형 손을 꼭 잡아 주었다

# 여우

우리 반에 여우가 산다
꼬리 아홉 달린 여우

별의별 거짓말로
순진한 고라니를
뱀으로 멧돼지로 둔갑시켜 버리는 여우

하루 종일 남을 골려 먹고도
아닌 것처럼 뻔뻔스럽게 웃고 다니는 여우

볼수록 성질 뻗치게 하는
말이 통하지 않는 여우

처음엔 한 마리뿐이었는데
갈수록 여우가 많아진다

## 욕을 했더니

새로 산 흰 운동화를 신고
진흙탕을 밟은 기분이야

# 위경련

급식실에서 밥을 먹는데
박진철이 왔다 진철이는 내게
입에 담지 못할 말을 퍼부었다

꾹 참고 밥을 먹었다
코로 들어가는지 입으로 들어가는지
숟가락을 들었다 놨다

배가 고파서
용기가 없어서 대꾸도 못 하고
꾸역꾸역 받아먹은 말들이
명치를 건드렸다

제대로 씹지 못한 말들이
발끈발끈
경련을 일으켰다

영양사 선생님이 따뜻한 물을 주고

등을 쓰다듬어 주어도
되받아치지 못한 말들이
울컥울컥
쏟아져 나왔다

# 화병

깊은 밤
무릎 사이에 얼굴을 묻고
훌쩍거리는 혁수

엄마가 읽어 주던 동화책 속에서
새들이 날아오르고
꽃밭엔 나비가 웃고 애벌레가 웃고
죽은 엄마가 웃고

별도 달도 따다 준다던 엄마는 없고
혁수는 혼자 남아 밤마다
부칠 수 없는 편지를 써

엄마가 아끼던 화병 속에서
흘러나오는 자장가 소리

엄마!
혁수가 고열에 시달릴 때마다

엄마는 눈물에 젖은 수건을 혁수 이마에 올려 주고
혁수는 엄마 손을 꼭 잡고
까무러치듯 잠이 들어

제3부

한통속으로
사건을
은폐하고 있다

# 축구 리그전

첫 경기부터 쫌 한다는 5반과 붙었을 때
우린 쿵쿵 뛰는 심장 소리에 자꾸 발이 꼬여 넘어졌지

전반전부터 거미줄에 묶여 헤매고 있을 때
축구공은 이얍! 이얍! 제멋대로 뛰어다녔고

축구공이 키득키득 웃고 있을 때
우리 머릿속엔 울화가 다글다글 열렸지

우리가 고삐 풀린 말이 되어 날뛰기 시작했을 때
5반 친구들은 연속 골을 넣어 버렸고

슛, 골인!
느티나무는 환호성을 질렀지만
으이구 그것도 못 막니
2반 힘내!
지나가던 참새가 막 소리쳤을 때

얼굴이 빨갛게 달아오른 진철이는
하마터면 동영상을 찍던 핸드폰을 떨어뜨릴 뻔했지

# 범인은 누구일까?

실장! 태블릿이 없어졌어. 어떡해?

실장은 당황하지 않고
규진이보고 한 번 더 찾아보라고 했다
다른 친구들 가방 속에 잘못 들어갈 수도 있으니까
각자 가방이나 사물함도 확인해 보라고 했다
없었다

선생님께 말씀드리고
CCTV를 돌려 보았다

비슷한 시간에 두 명이
교실에 들어갔다 나오는 영상이 잡혔다
한 명은 실장
또 한 명은 혁수

실장은 선생님 심부름 때문에 갔다는데
혁수는 왜 들어갔을까?

혁수가 들어갔다 나오는 데 걸린 시간은 53초
굳이 설명이 필요 없는 시간인데
반 친구들의 싸늘한 눈초리가 한곳으로 쏠렸다

CCTV는 복도에만 있어서
교실에서 일어난 일은 알 수 없다

한바탕 소동이 일어났지만 이게 처음은 아니다
선생님이 가방까지는 뒤지지 않을 테니
이번에도 범인을 찾지 못할 것이다

# 기숙사 청소
쓰레기가 쳐들어왔다


새 학기가 되어 기숙사를 새로 배정 받았다
규진이랑 같이 쓰게 되는 방에
엄마가 오셨다
잠시 후 규진이 엄마도 오셨다

가볍게 인사를 나누고
엄마는 방이 지저분하다며 청소를 시작했다
엄마는 사방에 널려 있는 쓰레기부터 봉투에 집어넣었다
먼지를 털어 내고 빗자루로 쓸었다
먼지가 뿌옇게 일어났다 앉았다
콜록콜록 마른기침을 하며 물 한 모금 마시고는
출근 시간이 다 됐다며 서둘렀다
걸레를 있는 대로 빨아서 얼룩진 곳을 닦았다

어머머 규진이 책장에 주스가 묻었네요
우리 규진이는 깔끔쟁인데 이런 방에서 어떻게 지내나!
여기도 닦아야겠어요 이쪽 바닥도 닦아 주세요

엄마가 혼자서 방 청소를 거의 다 하는 동안
규진이 엄마는 손가락 하나 까닥 안 하고
입만 나불거리며 규진이 물건만 챙겼다

규진이 하는 짓이 누굴 닮았나 했더니
이젠 알겠다

# 기숙사 청소
쓰레기를 어디다 버릴까?


기숙사 사감 선생님이 오셨다
어머님들 수고 많으세요

규진이 엄마는 쏜살같이 나가 헤시시 웃으며
굽실굽실 인사를 했다

아휴, 힘드네요
아이들이 청소를 안 해서 여간 지저분한 게 아니에요
거의 다 끝냈는데
선생님, 차라도 한잔하실까요?

규진이 엄마 속을 알 턱이 없는
선생님은 괜찮다며 괜찮다며 가 버리셨다

바쁜 척은……
규진이 엄마가 하는 혼잣말이었지만 다 들렸다

나는 문 옆에 기대 놓은 쓰레기봉투를 보며

일부러 큰 소리로 말했다
엄마, 이 쓰레기 어디다 버릴까?

옆으로 지나가던 규진이 엄마가
나를 힐끔 째려보았다

# 명탐정 리턴즈

혁수에게 처벌이 떨어지고 우린 동아리방으로 몰려갔다
진철이는 두 손으로 얼굴을 쓸어내렸다가
허벅지를 문질렀다가 어쩔 줄 몰라 안절부절
나 역시 혁수를 어떻게 해야 할지
갈피를 잡을 수 없어 동아리방을 왔다 갔다 하는데
복학생 형이 들어왔다

애들아, 니들도 혁수가 범인이 아니라고 생각하지?
혁수가 껄렁껄렁해지긴 했어도
남의 물건에 손대는 애는 아니잖아!

나도 안다 그렇지만 물증이 없다 혁수는 실장이
학생증을 가져다 달라고 해서 교실에 들어갔다고 했는데
실장은 그런 적이 없다고 딱 잡아떼고
담임 선생님도 교감 선생님도 징계위원회에서도
이미 혁수를 도둑으로 점찍은 것처럼
혁수의 말을 들어 보려고도 하지 않는다

아무래도 우리가 나서야겠어
복학생 형의 단호한 말에 내가 그러자고 하니까
다른 애들도 줄줄이 팔소매를 걷어붙였다

저기 잠깐만, 아니 아니야!
진철이는 뭔가를 말하려다 입을 다물어 버렸다

# 교내 봉사 활동

혁수는 자기를 도둑놈으로 만든 학교를 위해
스무 시간의 봉사 활동을 시작했다

끝까지 훔치지 않았다는 혁수의 말은
소음처럼 선생님들의 짜증만 돋우었고
오히려 반성의 기미가 없다며 처벌만 세졌다

규진이 엄마가 그 난리만 치지 않았어도
상황이 이렇게까지 되지 않았을 것이다
나도 빡치는데 혁수는 얼마나 더 할까

혁수가 신경이 쓰여
1교시 끝나자마자 둘레둘레 찾고 있는데
쓰레기장에서 소리가 났다
혁수는 뭐라 뭐라 소리치며 페트병을 확 집어 던졌다
지나가던 영어 선생님이
혁수 어깨를 토닥토닥 두드려 주셨다
혁수는 쓰레기통을 걷어차려다 멈칫하더니

하늘을 올려다보았다
한참을 그러고 있다 무슨 생각이 들었는지
쓰레기 분리를 마저 했다

내가 가까이 다가가자
도둑놈과 쓰레기장, 어울리냐? 일주일 동안 이러고 나면
난 확실하게 불량한 놈이 되는 거니?
자조하는 혁수의 말에 마음이 아렸지만
나는 일부러 혁수의 목을 휘감으며 장난치듯 맞받아쳤다

짜샤! 목소리 깔지 말고 조금만 기다려
이 형이 꼭 진범을 찾을 테니까

# 탐정 일지

범행 동선을 따라가다


드르륵
앗! 깜짝이야 왜 이렇게 소리가 커

조용조용 살금살금 뒷문으로 들어가
아무도 눈치 못 채게
맨 앞자리
창가 쪽에 있는 규진이 자리로 간다

고양이 걸음으로 최대한 몸을 낮추고
규진이 가방을 열고 태블릿을 꺼내
다시 혁수 자리로 가서 꽁꽁 감춰 놓고
휘리릭 몸을 돌려 아닌 척
주위를 살핀 뒤

실장 자리에 가서 학생증을 들고
드르륵
뒷문으로 나오기까지
3분 10초

다시 뛰다시피 재연해 보아도
1분 40초

일을 저지르기에는 택도 없는
53초

# 탐정 일지
혁수가 아니라면 실장이 남는다


실장은 혁수보다 오래 있었어
5분!
선생님 심부름으로 위장을 하고
교실을 어슬렁어슬렁

책상과 책상 사이
툭툭 가방을 걸어차며
창문도 모르게
게시판도 모르게
쓰레기통도 모르게
순진한 얼굴을 하고

스리슬쩍 훔치고 감추고 주변 정리까지
실장의 손아귀에 잡혀
차갑고 은밀하게 사라지려는 5분

실장은 재빨리 동선을 지우며
입꼬리를 살짝 올리고 서서

아주 뻔뻔스럽게 말했을 거야

어디 잡을 테면 잡아 봐
니들이 아무리 내 뒤를 캐 봐

# 탐정 일지
쪽지는 단서다


실장을 미행했지만 허탕만 쳤다
목격자는 하나같이 똑같은 말뿐이고
수사는 며칠째 제자리를 걷고 있다

함정 수사를 해 볼까? 슬쩍 떠보는 건 어때?
혹시 순실 태블릿 사건처럼 감자 줄기를 잡은 거면?
미궁으로 빠져선 안 되겠지
아, 쪽팔리게 수선만 피우다 마는 건 아니겠지?
낱알 같은 얘기를
주저리주저리 늘어놓고 있는데

동아리방 문 밑으로 쪽지가 하나 쑤욱 들어왔다
잽싸게 문을 열고 나가 보았지만
복도엔 아무도 없었다
쪽지를 펴 보니

*강당 옆에서 진철이와 진철이가 다투고 있다*

이게 뭔 소리야? 곁에 있던 보드판도 기우뚱 갸우뚱
소 닭 보듯 관심조차 없던 애들인데
도대체 둘이 싸울 일이 뭐가 있지? 순간
수상한 낌새가 느껴져 조용히 강당 옆으로 달려갔다

하지만 우리가 도착했을 땐
이미 진철이와 진철이는 보이지 않았다

# 탐정 일지
덜미를 잡다


등나무 밑에서 진철이를 만났다
5반과 축구 시합 할 때 찍은 동영상이라며
머뭇머뭇 내밀었다

야 이거, 진작 봤더라면 승차가 달라졌을 텐데
아쉽다 아쉬워 남은 경기라도 잘 해 봐야겠다

내 말을 듣고 있는 건지 대꾸가 없어 돌아보니
진철이는 진땀을 바작바작 흘리며 쩔쩔매고 있었다

그게 아니라 명섭아, 여기를 봐!
진철이가 가리킨 곳을 보니
한 귀퉁이에 우리 반 교실이 보였다
무언가 왔다 갔다 했다
화면을 천천히 다시 돌려 보았다
실장이었다 손에는
하얗고 네모난 것이 들려 있었다

뭔가로 얻어맞은 것처럼 머리가 띵했다
떨리는 손으로 동영상을 다시 보았다
소름이 돋았다

이건 옴짝달싹 못 할 증거다!

말문이 막혀 한참을 망연자실 앉아 있다
더듬더듬 핸드폰을 들었다

# 탐정 일지
풍선

야, 박진철!
자꾸만 딴짓하면
확 불어 버린다

실장이랍시고
자꾸만 깝죽대지 마라
확 터트리는 수가 있다

# 탐정 일지

친구


꽃인 줄 알았는데 꽃이 아니었다
꽃이 아닌 줄 알았는데 꽃이었다

# 탐정 일지
### 택배 상자를 만나다


네모난 땅속 비밀 도시가 유명해진 건
도둑맞은 태블릿을 찾아낸 사건 때문이다

비밀 도시는 사다리를 타고
한참을 내려가야 한다
조심조심 통로를 따라가다 보면
이상야릇한 가게를 만나게 된다

가게 안에는
다기능 이어폰
구름 패딩
오토바이
꽃씨
쓰레기통에서 주워 온 통조림
기출 문제집이 진열되어 있다

잠이 오지 않는 밤이면
가끔 들르는 중고 시장 사이트 택배 상자

닉네임 무법실쌍이 태블릿을 팔려다 들킨 뒤론
거래가 뚝 끊어지고 악플만 주렁주렁 달린다

나는 악플을 읽다 새벽이 밝아 오면
땅 위로 기어 나온다 다시는 내려가지 말아야지
택배 상자를 굳게 봉해 버리지만
밤이 되면 다시 땅속 비밀 도시를 찾는다

# 탐정 일지
덜컹덜컹 학교가 굴러가다


바락바락 악을 쓰던 매미와 함께
여름 방학이 끝나고

학교는 확 달라져 있었다
노란 셔틀버스가 생겼고
교실마다 공기 청정기가 설치됐고
강당엔 새로운 운동 기구가 들어왔고
급식실도 새 단장 되었다
외벽에 페인트도 새로 칠해서
학교가 마치 새로 지은 건물 같았다

와! 멋지다
친구들은 환호성을 지르며 좋아했다

들리는 말로는 실장 부모님이
학교에다 돈을 쏟아부었다는 얘기가 떠돌았지만
확실한 건 알 수 없었다

우리가 아는 건
실장도
혁수도
아무 일 없었던 것처럼
학교를 다닌다는 것뿐

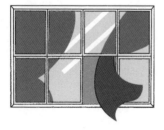

제4부

사건 전담
꼴통들의
반란

# 신(新)낱말풀이

나에게 실패란 관상용 열대어
지느러미가 예쁜 파랑쥐치
수천 개의 알을 낳아도 두렵지 않아

나에게 끈기란 울릉국화
가뭄에 말라 죽었을 거라 생각하지만 어림없는 소리
어두운 땅속에서 때를 기다리는 거라고

# 오해

닭장 문을 열고 들어가면
한가로이 모이를 쪼던 닭들이 부산스러워진다

꼬꼬댁 꼬꼬
닭들은 나를 피해
이쪽으로 우르르
저쪽으로 우르르
몰려갔다 몰려왔다

가 봤자 닭장 안인데
도망치느라 정신이 없다

날지도 못하면서
푸드덕푸드덕
떼를 지어 몰려다니며 난리를 친다

난 배춧잎을 주려고 들어갔을 뿐인데
왜 그러는지 모르겠다

# 봄

아! 잘 잤다
깨우지 않아도 눈이 떠지는 노랑노랑한 아침
눈썹에 매달려 간질간질
노랑노랑 물들인다

깨금깨금 노랑노랑 물든다 내 마음
창문을 열면 귀밑에서 찰랑찰랑
샤방샤방 덧칠된다

콧노래를 따라 사부작사부작
뭔가 근사한 날이 된 것 같은 노랑
한 입 베어 물면 상큼한 레몬즙이
톡 터져 버릴 것만 같은 노랑
노랑노랑한 웃음이 데굴데굴 굴러다니는 봄날

보들보들 살강살강
햇살 가루를 묻히고 손 내미는 노랑
꽃다지처럼

양지꽃처럼
난 자꾸 노랑노랑해진다

금방이라도 속마음을 들킬 것 같은 노랑
내 얼굴을 더 노랑노랑하게 만드는

짧은 봄날이 노랑노랑 익어 간다
화사하게

# 하얀 나비 납치 사건

교실로 하얀 나비가 날아들었어
꼬깃꼬깃 접어 놓았던 날개를 펴고

수줍은 듯 선생님 어깨에 앉았다가
유리창에 걸린 푹신한 구름에 앉았다가
봄 햇살 사이를 아른아른 나풀거렸지

선생님은 추억 속에 잠기는 듯하더니
가슴에 묻어 둔 조금 작아 보이는
초록 이파리를 꺼내 보여 주었지

우린 의자를 끌어당겨
이파리 앞으로 모여들었어

처음 맡아 보는 냄새에
온몸이 지릿지릿했어 우린 턱을 괴고
아직도 갈팡질팡 선생님 주위를 얼쩡거리는
하얀 나비를 구경했어

날갯짓을 할 때마다
살랑거리는 가슴을 누르며
선생님 추억을 훔쳐다 준 초록 이파리를 상상했지

어른들은 그런 걸 몽상이라고만 하지
아무짝에도 쓸모없는 잡념 그래도 괜찮아
그럴수록 우리의 수업 시간은 점점 재밌어지는걸

# 도둑질

그 애가 도둑질을 하는 건
딱히 그 물건이 필요해서가 아니다
돈이 없어서도 아니다

그 애 아빠는 변호사고 엄마는 의사다
두 분 다 눈코 뜰 새 없이 바쁘다
언제 들어오는지 언제 나가는지
도우미 아줌마가 이틀에 한 번씩 와서
청소를 하고 음식을 만들어 두고 간다

그 애가 제일 싫어하는 건 불 꺼진 집에 들어가는 거다
엄마한테 얘기하면
하루 종일 불을 켜 놓으라는 말뿐

그 애는 엄마의 관심을 받고 싶어 했다
도둑질을 해시 엄마가 학교에 불려 가면
이삼 일 정도는 바싹 신경을 쓴다
불을 환하게 켜 놓고 그 애를 기다린다

그럼 그 애는 여느 중 3처럼 지낸다

그러다 일주일이 지나면
다시 불 꺼진 집에 혼자 들어간다

# 우정 카레 레시피


칼에 베일 수도 있고
프라이팬에 델 수도 있고
접시가 산산조각이 날 수도 있고
원하는 맛이 아닐 수도 있습니다

그리 간단한 요리는 아니지만
정성을 다하면 크게 문제는 없습니다

자, 준비가 됐으면 먼저
고기, 양파, 감자, 당근을 적당한 크기로 썰어 둡니다
모양이 제각각이어도 상관없습니다

우묵한 프라이팬에 기름을 두르고
자연 그대로의 맛을 살려 볶아 줍니다
볶다가 튀어나온 것들은 억지로 담으려 하지 말고
나머지 재료들만 타지 않게 볶아 줍니다

노릇노릇 볶아진 재료에 물을 붓고

재료의 맛이 우러나도록 끓입니다
물은 건더기가 잠길 정도가 적당합니다

취향에 따라 브로콜리를 넣어도 되고
버섯, 단호박, 우유, 버터,
건포도나 크랜베리를 넣어도 됩니다

어느 정도 익었다 싶으면 불을 약하게 한 뒤
카레를 조금씩 넣어 가며 서로 어우러지게 고루 섞어 줍
니다
카레가 충분히 풀어지면 불을 끄고
잠깐 뚜껑을 덮어 뜸을 들입니다

예쁜 접시에 밥을 담고 카레를 얹어서 완성합니다
그리고 천천히 음미하면서 먹습니다
오이 피클이나 단무지와 함께 먹으면 더 맛있습니다

# 공모자들

통조림 공장에
과일이 들어오면 숙련공들의
손놀림이 빨라진다
과일을 씻고 다듬고 씨를 빼고
습관처럼 설탕물을 듬뿍 넣어
깡통을 밀봉한다

공장 안은 청결하고 정신없다
사사건건 공장장의 지시대로
기계는 쉴 새 없이 돌아가고
매일 수만 개의 통조림이 만들어진다 (우리처럼)

맛도 모양도 똑같은 통조림
몇 년이 지나도 썩지 않을 통조림이
컨베이어 벨트 위에 사 열 종대로 서 있다 (우리처럼)

귀마개를 낀 숙련공들은 찌그러진 통조림과
상표가 잘못 붙은 통조림을 골라내고

골라낸다

불량 통조림은 다시 가공되고
검사를 통과한 통조림은 출하를 기다린다 (우리처럼)
불 꺼진 창고 안에서

# 학교가 싫다고

그럴 땐 학교를
축구공이라고 생각하자

나를 열받게 만드는 일들을
축구공에 쑤셔 넣자

나를 가로막는 수비수도 모두 제치고
힘껏 뛰어 보는 거야

모래 먼지 따위는 신경 쓰지 말자
소나기가 퍼부어도 신경 쓰지 말자

자, 발에 온 힘을 모아
뻥!

시원하게 한 방 날려 보는 거야
그까짓 거

골대에 꽝 부딪쳐

뿔을 달고 되돌아오면 어때!

# 교감 선생님

학교 정문에서 황태를 만났어
비쩍 마른 황태는
등교 지도를 하느라 정신없었지

푸른 바다를 떠나온 지 오래된
꼬장꼬장한 황태

오늘도 덕장의 강추위만 떠들어 대는
황태에게
바다로 통하는 물길을 만들어 줄까?
철썩철썩 파도 소리를 들려줄까?

살짝 닿기만 해도 살랑살랑 꼬리 흔들며
푸른 기억을 떠올릴지 몰라
우리보고 명태처럼 살라고 할지도 몰라
끼룩끼룩 갈매기는 어딨냐며
수평선처럼 살라고 할지도 몰라

# 전봇대가 식식거리는 이유

넌 내가 뭐로 보이니?
제발 좀 딴 데 가서 해
진짜 냄새 때문에 못 살겠다

내가 살다 살다
너 같은 자식은 처음 봐

낑낑거리며 무안한 척 급한 척 하면
내가 대충 넘어갈 줄 알았니?

마지막으로 경고하는데
또 한 번만 불쑥 나타나 뒷다리를 쳐들면
그땐 정말 각오해

다시는 오줌 못 싸게 만들어 버릴 테니까

# 21세기 신분 제도

9등급은 0두품
왕후장상의 씨가 따로 있나! 혈통이 대수야? 개혁은 그
렇게 시작되는 거지

8등급은 1두품
내가 개념서를 본다는 것 자체가 블랙 코미디

7등급은 2두품
어제도 오늘도 공부는 하품처럼 지루해
하지만 난 성골을 능가하는 프로 게이머

6등급은 3두품
아무리 볼을 꼬집어 봐도 역시 난 급식충!

5등급은 4두품
아, 명품 옷은 대체 누가 입나? 펜트하우스에서 닭다리
는 누가 뜯나?
일단 빈둥거리는 연필부터 굴려 볼까?

4등급은 5두품
4등급과 2등급은 생활복과 교복의 차이, 나쁘지 않아

3등급은 6두품
내 실력이 정말 부족한가? 왜 항상 뒷전이지?
아, 유리 철판 같은 1등급이여!

2등급은 진골
아랫것들이 감히 어딜 넘봐, 분수도 모르는 것들!
막판 뒤집기는 나만 할 수 있어

1등급은 성골
난 최고의 권력을 가진 가장 높은 신분
마음 독하게 먹고 순수 혈통을 지켜 내자

# 사춘기 통조림 사용 설명서

일단 뚜껑을 딸 때 들었던
경쾌한 소리는 접어 둘 것

뚜껑이 열리지 않을 땐
집어 던져도 소용없다는 걸 명심할 것

따끈한 걸 원한다면 이불 속에 통째로 넣어 두고 기다
릴 것

억지로 뚜껑을 열면
내용물이 튈 수 있으니 핏대 세우지 말 것

밀봉된 단맛을 느끼려면 섣불리 뭘 하려고 하지 말 것

국물에 녹아 있는 유해 성분을 따라 버리려면
제발 신경 좀 끄시지!
라고 쏘아붙이는 말에 익숙해질 것

자칫 깡통 뚜껑에 손을 베일 수 있으니 조심할 것

자극적인 맛을 즐기려면 잔소리를 있는 대로 퍼부을 것
사용법의 기준대로 따르지 말고
내키는 대로 해 버릴 것

# 졸업을 앞두니

지적도 하지 않고 닦달도 하지 않는다
교무실에 불려 가지도 않는다
우릴 그냥 내버려 둔다 내버려 두니 조금 불안해진다
그렇다고 딱히 할 일도 없다
선생님도 기운이 빠졌는지
수업 대신 자습을 시키다 이젠 어중간한 영화로 때운다
재미없다 졸업식까지 몇 편의 영화를 더 보며 시간을 죽
일까
엎드려 자는 짝꿍을 놀랜다 재미없다
따분하다

콧구멍을 후벼 파다 창밖을 보니 운동장에 눈이 수북하다
운동장에 나가 눈싸움이라도 할까
눈사람이라도 만들까 발자국이라도 찍을까
귀찮다

이제 곧 졸업이다
허구한 날 쥐어 터지고 반성문 쓰다 어느새 졸업이다

시간이 가니 졸업은 하는구나
시간이 부지런히 나를 키우는 동안 난 뭘 했을까

놀 궁리만 하는 시시껄렁한 친구들과 어울리고
툭하면 시비 걸어 싸우고
침을 찍찍 뱉으며 센 욕을 달고 살고
그걸로 우쭐해하며 힝뚱힝뚱
그것도 나쁘지 않다

한데 막상 졸업을 한다니까
뭔지 모르게 억울한 생각이 든다
고등학교 땐 좀 색다르게 놀아 봐야겠다
그래도 나를 믿고 졸업까지 시켜 주는데

# 비밀 도시의 꽃씨 하나

**오세란** 문학평론가

## 1. 탐정 일지에 기록된 사건의 내막

현대 사회에서 청소년은 어린이와 마찬가지로 보호 대상이며, 청소년 보호는 미성년을 통제하고 길들이는 양면성을 지닌다. 진실을 말한다는 점에서 문학이 언제나 사회의 불온한 그림자였다면 '문학'으로서의 청소년시 역시 청소년을 욕망하는 주체로 주목할 때 존재 의미를 갖게 된다.

최근 청소년시집은 종종 시집 전체를 한 편의 성장 서사로 엮는 방식을 취하는데 김현서 시인의 『탐정동아리 사건일지』역시 이 방식을 활용하고 있다. 시인은 서사 방식으로 '탐정 일지'라는 연작시 형태를 활용하는데, 연작의 방식은 시인의 동시집 『수탉 몬다의 여행』에서 이미 시도한 바 있다. 이번 시집에서 연작은 더욱 본격적인 서사의 모양새로 나아간다. 이명섭을 시적 화자와 주요 인물로 삼고 박진철과 오진철, 혁수, 규진 등을 등장시켜 인물들의 내면을 들려주는 여러 시는 결국 사건을 기록한 '탐정 일지'로 모아진다. 탐정이란 사건의 배후를 알려고 하는 자이니, 명섭에게 학생과 탐정이라는 두 가지 역할을 맡겨 파헤치려는 사건의 내막은 무엇일까?


## 2. 달라진 것은 나인가, 부모인가?

책을 읽으면
난 행간에 귀를 기울여

팔랑팔랑 나뭇잎을 타고
잎맥을 따라 바다를 건너는 선장이 되었다가
슬렁슬렁 해저로 가라앉았다가
굽이굽이 산맥을 넘어 암벽을 오르는 모험가

때로는 우르릉 꽝꽝 천둥소리가 들리고
때로는 번개처럼 스치는 생각에 놀라고

한 장 한 장
생각이 별빛처럼 쌓여

난 드넓은 은하수
난 잉카의 한 소년

책을 읽으면
자꾸
내 심장이 비밀처럼 두근거려

—「뭐가 들어 있을까?」 전문

    소년은 선장이, 모험가가, 잉카의 소년이 되는 꿈을 키워 나
간다. 꿈을 통제하지 않는다면 소년은 더 넓은 바다에 이를 수
있을 것이다. 초등학생 때까지는 분명히 큰 꿈을 꾸라고 부추
겼을 부모는 이제 태도를 철회하고 소년의 꿈은 납치당한다.
아빠는 소년의 꿈을 비웃고(「진로 표류기」), 엄마는 소년을 새
장에 가두어 버린다(「친절한 엄마」). 이제 소년이 할 수 있는 일
은 주말이면 잠옷과 한 몸이 되거나(「게으름」) "아빠, 나 시험
이 정말 싫다구요!" 하고 외칠까 망설이거나(「고백」) 오토바이
가 되어 가는 자신을 발견하는 것뿐이다(「중 2」). 이러하니 부
모와 불화하며 서로에게 상처를 주는 것은 너무도 당연하다
(「잔소리의 끝」). 소년은 이 사태가 당황스럽고, 부모와의 갈등
에서 장본인으로 지목되는 것은 더욱 억울하다. 갈등의 원인
제공자는 어른일까, 청소년일까?

3. 학교는 또 어떤가?

교복 셔츠 빼 놓았다고
바지 좀 줄였다고
딱 일 분 늦었는데 지각이라고
복도에서 뛴다고
담요 두르고 다닌다고
교실에서 원카드 했다고
주머니에서 떨어졌는데 쓰레기 버렸다고
손톱이 길다고
휴대폰을 내지 않았다고
실내화로 장난쳤다고
삼각김밥 몰래 먹었다고
큰 소리로 떠들었다고

상점은 쥐똥만큼 주고
벌점은 소똥만큼 퍼 주는 우리 학교
잘못한 게 없어도 걸릴까 봐 조마조마

벌점 20점이 넘으면 반성문을 쓰거나 봉사 활동을 한다
30점이 넘으면 상담을 하고 전학 가겠다는 서약서를 쓴다

언제 어떻게 받았는지 기억도 나지 않는 벌점이
내 목을 꽉꽉 조인다

—「공포의 벌점」 전문

벌점의 죄목은 하찮고 하찮은데, 그 사소한 일상에 낱낱이
벌점을 매기고 반성문과 처벌을 되풀이하는 공간이 바로 학
교다. 이들에게 벌을 주는 목적은 무엇일까? 시인은 청소년을
'통조림'으로 만들기 위해서라고 판단한다.

통조림 공장에
과일이 들어오면 숙련공들의
손놀림이 빨라진다
과일을 씻고 다듬고 씨를 빼고
습관처럼 설탕물을 듬뿍 넣어
깡통을 밀봉한다

공장 안은 청결하고 정신없다
사사건건 공장장의 지시대로
기계는 쉴 새 없이 돌아가고
매일 수만 개의 통조림이 만들어진다 (우리처럼)

맛도 모양도 똑같은 통조림

몇 년이 지나도 썩지 않을 통조림이
컨베이어 벨트 위에 사 열 종대로 서 있다 (우리처럼)

귀마개를 낀 숙련공들은 찌그러진 통조림과
상표가 잘못 붙은 통조림을 골라내고
골라낸다

불량 통조림은 다시 가공되고
검사를 통과한 통조림은 출하를 기다린다 (우리처럼)
불 꺼진 창고 안에서

—「공모자들」 전문


　핑크 플로이드의 노래「Another Brick in the Wall」의 뮤직비
디오처럼 소년들의 꿈과 욕망을 통조림에 밀봉하여 똑같은 맛
과 모양으로 만드는 숙련공은 누구인가? 교사일 수도, 교육 제
도일 수도, 청소년에 대해 한 번도 제대로 생각해 본 적 없는 어
른일 수도 있다. 처벌을 반복하며 청소년을 길들이려는 학교와
부모에게 반항하는 모습은 일견 거칠게 보인다. 교과서 제목
이 '도덕'에서 '똥떡'으로 바뀌어 버리는 순간이다(「처벌의 효
과」). 하지만 이들은 아직까지 혁수처럼 엄마의 부재에 "깊은
밤 / 무릎 사이에 얼굴을 묻고 / 훌쩍거리는"(「화병」) 연약한
존재이며, 욕을 하면 "새로 산 흰 운동화를 신고 / 진흙탕을 밟

은 기분"(「욕을 했더니」)이 드는 청결한 존재이기도 하다.

사건의 전모가 궁금해진 소년의 탐정 놀이는 여기에서 시작한다. 어린 시절 사랑과 보호의 존재였던 부모가 왜 통제의 존재로 돌변했는지, 어른들은 왜 더는 존경할 수 없는 존재가 되었는지, 왜 그들은 심각한 도난 사건마저 은폐했는지 등 「탐정 일지」 연작시들은 화자를 행동하는 인물과 사건을 조사하는 탐정으로 구분하여 사건의 안팎을 두루 살핀다. 태블릿 피시 도난은 더 큰 범죄에 연루된 빙산의 일각일 뿐 이들이 도난당한 것은 정작 눈에 보이지 않는 더욱 소중한 것인지도 모른다.

## 4. 세상은 단순하지 않아

"꽃인 줄 알았는데 꽃이 아니었다 / 꽃이 아닌 줄 알았는데 꽃이었다"(「탐정 일지 — 친구」), "실장도 / 혁수도 / 아무 일 없었던 것처럼 / 학교를 다닌다"(「탐정 일지 — 덜컹덜컹 학교가 굴러가다」)처럼 아이들은 선악의 이분법 사이에 '회색 지대'가 있음을 발견한다. 빛과 어둠 사이에 있는 틈을 들여다보면 범죄의 이면이 엿보인다. 실장이 구하고 싶었던 것은 태블릿 피시가 아니라 엄마의 사랑이었고, 혁수를 문제아로 지목했던 것은 이제 세상의 찬 바람을 혼자 맞아야 하는 그의 외로움 따위는 거들떠보려 하지 않았기 때문이다. 눈에 보이는 유형의 사건 뒷면에 도사린 아름답고 슬픈 무형의 추상 명사들, 그들이 잃어 가는 것을 어렴풋이 깨달았을 때 비로소 감추어진 비밀 통로의 문이 열린다.


네모난 땅속 비밀 도시가 유명해진 건
도둑맞은 태블릿을 찾아낸 사건 때문이다


비밀 도시는 사다리를 타고
한참을 내려가야 한다
조심조심 통로를 따라가다 보면
이상야릇한 가게를 만나게 된다


가게 안에는
다기능 이어폰
구름 패딩
오토바이
꽃씨
쓰레기통에서 주워 온 통조림
기출 문제집이 진열되어 있다


잠이 오지 않는 밤이면
가끔 들르는 중고 시장 사이트 택배 상자

닉네임 무법실짱이 태블릿을 팔려다 들킨 뒤론
거래가 뚝 끊어지고 악플만 주렁주렁 달린다

나는 악플을 읽다 새벽이 밝아 오면
땅 위로 기어 나온다 다시는 내려가지 말아야지
택배 상자를 굳게 봉해 버리지만
밤이 되면 다시 땅속 비밀 도시를 찾는다
　　　　　　　—「탐정 일지 — 택배 상자를 만나다」 전문


　다시는 클릭하지 말아야지 맘먹다가도 밤이 되면 중고 시장 사이트를 찾는 이유는 단지 그가 탐정이기 때문만은 아니다. 낮과 밤, 상승과 하강으로 구분된 두 차원의 시공간을 왕래할 수밖에 없는 것은 그곳에 자신이 도난당한 듯한 물건이 모여 있기 때문이다. 비밀 도시의 이상야릇한 가게에 쌓여 있는 장물의 종류는 다양하다. ‘다기능 이어폰, 구름 패딩, 오토바이, 꽃씨, 쓰레기통에서 주워 온 통조림, 기출 문제집’ 등 맥락을 찾기 힘든, 낯설고도 익숙한 물건들 틈에 다소곳이 놓여 있는 꽃씨. 이 꽃씨는 누가 숨긴 것이며, 싹 틔울 수 있을 것인가? 탐정은 도난 사건의 배후를 쫓으며 어른들이 폐기해 버린 깃, 자신들이 되찾아야 할 것이 담긴 놀라운 장소를 발견한다.

## 5. 시간의 강물 아래 세워질 우주 하나

탐정은 이제 낮은 눈높이로 갈팡질팡 겪어 내던 일인칭 시점이 아니라 위에서 내려다볼 수 있는 전지적 시점이 되어 눈을 활짝 뜬다. "가 봤자 닭장 안인데 / 도망치느라 정신이 없"(「오해」)는 닭장 속 닭을 내려다보며 웃을 수 있고, 별명이 황태인 교감 선생님에게 푸른 바다의 기억을 돌려주기 위해 "철썩철썩 파도 소리를 들려줄"(「교감 선생님」) 여유를 얻었으며, 폭폭 익어가는 카레처럼 우정도 성장도 뜸을 들이는 시간이 필요함을 알게 된다(「우정 카레 레시피」). 소년들을 '통조림'으로 만들려던 세상의 음모에도 그들은 개성 있는 냄새를 풍기는 음식이 되어 간다. 성장의 주체는 사건을 겪는 인물과 이를 분석하는 탐정이지만 그것을 가능하게 만든 것은 그들을 뜨거운 솥에 넣고 익힌 시간이다. 그리하여 소년은 졸업을 앞두고 "시간이 부지런히 나를 키우는 동안 난 뭘 했을까"(「졸업을 앞두니」) 질문을 던지는 경지에 이른다.

화자는 졸업을 앞두고 지난 일상을 돌이키며 다가올 시간을 상상해 본다. 고등학교 생활은 크게 달라지지 않을 것이고 감옥에서 벗어나는 것은 몇 년간 유예되겠지만 그럼에도 시간이 흘러 언젠가는 미성년의 세계를 졸업할 것이다. 그리고 그 평범한 시간의 흐름 아래 기성세대가 막으려 해도 막지 못할 진짜 비밀 도시가 건설될 것이다. 그것은 소년의 내면에 만들어질 하나의 세계, 하나의 우주다. 그래서 지금, "어두운 땅속에서 때를 기다리는"(「신(新)낱말풀이」), 비밀 도시의 꽃씨 하나, 초록 이파리 하나와 하얀 나비 한 마리(「하얀 나비 납치 사건」)를 손에 넣는 것이 중요하고 중요하다.

## 시인의 말

그늘이 유난히 많은 여름, 거리에서 혁수를 보았다. 혁수는 이어폰을 끼고 벤치에 앉아 있었다. 유리 가루처럼 부서지는 햇살을 받으며 눈을 감고 고개를 뒤로 젖힌 채. 누구를 기다리는 것 같기도 하고 바람을 쐬러 나온 것 같기도 했다. 벤치 뒤로 한 무더기의 사람들이 소란을 피웠지만, 혁수는 아랑곳하지 않았다. 사뭇 여유롭고 평온해 보였다.

그런데 그날 혁수는 정말 평온했던 걸까? 여유로워 보였던 것도, 기분이 좋아 보였던 것도 내 기분 탓은 아닐까? 나는 그날 오랫동안 소식이 끊겼던 친구를 만난다는 생각에 콧노래를 흥얼거리며 한껏 들떠 있었다. 만약 내 기분이 엉망이었다면 혁수는 어떻게 보였을까?

때때로 풍경은 쉽게 오독되고, 헛짚은 것들로 일상이 채워질 때가 있다. 그리고 그것이 진실이라고 믿는 어리석음을 반복한다. 보고 싶은 대로 보고, 믿고 싶은 대로 믿는다는 건 늘 위험이 뒤따른다. 그러나 내 앞에 맞닥뜨리기 전까지는 위험을 인지하지 못한다.

혁수, 명섭, 진철이와 진철이, 규진이, 복학생 형…….

시를 쓰는 내내 아이들이 밤마다 소리 없이 다가와 내 잠을 깨워 놓았다. 혼자서 때론 여럿이 몰려와 함께 밤을 새웠다. 내 방에는 아이들이 좋아할 만한 쿠키와 차가 준비되어 있었지만, 아이들은 쿠키보다 라면을 더 좋아했다. 편의점에 앉아 라면을 먹으며 아이들의 손짓, 발짓, 몸짓, 표정 들까지 놓치지 않으려고 애를 썼다. 아이들이 보낸 시그널 중 일부는 알겠고 일부는 아직도 모르겠다.

나는 끊임없는 생각의 오류 속에서 갈등하고 고민한다. 혹여 내가 섣불리 알은체했던 것들이 아이들을 아프게 하지 않았으면 좋겠다.

2019년 가을이 시작될 무렵
김현서

**창비청소년시선 24**

탐정동아리 사건일지

초판 1쇄 발행 • 2019년 10월 10일
초판 2쇄 발행 • 2022년 8월 16일

지은이 • 김현서
펴낸이 • 강일우
책임편집 • 서영희·박문수
펴낸곳 • (주)창비교육
등록 • 2014년 6월 20일 제2014-000183호
주소 • 04004 서울특별시 마포구 월드컵로12길 7
전화 • 1833-7247
팩스 • 영업 070-4838-4938 / 편집 02-6949-0953
홈페이지 • www.changbiedu.com
전자우편 • textbook@changbi.com

ⓒ 김현서 2019
ISBN 979-11-89228-62-0  44810